겨울 해바라기

산지니시인선 019

겨울 해바라기

손화영 시집

산지니

| 시인의 말 하나 |

섬 · 고독

마음에 밀물과 썰물이 요동칠 때면

밤이고 낮이고 상관없이 바다로 달려가곤 했다.

그렇게 오랜 시간 물결을 따라 표류하면서 몽상에 빠지다 보면

완전한 무심, 고요한 무감각에 도달한다.

완벽한 고독이다.

거리의 쓸쓸한 한 잎이 무심코 펼친 책갈피의 추억으로 다가오듯,

결코 씁쓸하지 않을 섬의 유희 안에서 행복의 꿈을 꾼다.

시를 멈추지 않고 계속해서 쓸 수 있도록

게으름을 조용히 채찍질 해 준 모든 심상에 감사하다.

| 차례 |

제2부

제3부

4부

제 1 부

봄이어서

아픈지 몰랐다

애초에 내게로 온 것이 아니어서
더욱더 잡고 싶은 욕망의 눈물
잡은 손 놓기가 이다지도 쉬울까
성급한 가지를 박차고 일어서는
무심한 벚꽃 구름의 환상
바람으로 흩날리는 맑은 소망은
화려한 슬픔의 봄비여라

꽃비가 내려서

잃어버린 마음

차가운 벼랑 위
홀로 선 그림자로 남아

찬이슬 벗 삼아
쓸쓸히 타다 지는
동백꽃이라도 될까

황망히 날아오르는 산새
소리 없는 온기로 돌아오려나

석양 따라 젖어오는
가버린 시절의 눈물바람
추억이 노을에 탄다

계절을 찾아

지루한 기다림 끝에
오는 바람이 그저 좋아서

진실인 듯 거짓인 듯
맞고 보낸 나날들

뜨거운 입맞춤의 등 뒤로
던져버린 계절 위에 상처뿐인 육신
가슴이 메말라 허공에 떠도는 손
자꾸만 늘어나는 쓸데없는 갈증

아무도 묻지 말았으면
오랜 생각과 기다림의 가지 끝

지친 다리로 여행을 떠나던 날
가버린 계절의 파도를 얘기했다

아카시아

어제 그리고 오늘
다시 또 내일
있다가 없다가
하나씩 사라지는
아련한 그리움

거부할 수 없는
달콤한 유혹 앞에
고독이 깊을수록
늘어만 가는 시름

향기는 바람이 되어
산허리에 흩어지고
갈 곳 잃어 누워버린
불안한 꽃자리

널브러진 추억
찾아와 돌아보지 않는

슬픈 영혼의 꿈

봄비처럼

산다는 것이
마냥 대지를 적셔
흐르는 꿈일 수는 없지만
하염없이 풀어진 시간의 넋
새삼 구속 아닌 구속으로 다가와
쓰라린 가슴에 속살거리고
나약한 발자국을 힘겹게 잡고 선
내 작고 슬픈 집념의 그림자

또 하나의 계절을 맞고 보내는
외로움에 깊어진 낡은 그리움
내 설움에 내가 겨워
흐느끼는 봄밤

비가 내리면

끝없는 망각의 아린 상처는
흐르는 물처럼 따라 흐르고

다시는 돌아올 수 없는

길 없는 길처럼

비는 내리고

나는 흐른다

연꽃 씨를 심다

동그란 씨앗 하나 들고
소원을 실어 가슴에 심는다

앙다문 입술을 열고 묵언을 끝낼
그 하나의 겨운 시작을 기다리며
겨우내 들고 다녔던 작은 소망
언제쯤 말해나 줄까

고작 일 년의 수행도 견디지 못한
성급한 바람은 무소유를 일깨워 벌을 달리고

정화수 올리듯 마음 다잡아서
연꽃끌로 길을 내어 눈을 틔우면
흐려진 마음 밭에 잎 하나 펼칠까

여명이 되어서야 풀어 놓은
잔잔한 연꽃 돋을새김

홀로 자라는 나무

맘 붙일 곳 없던
텅 빈 가슴 한 비탈에
가만히 옮겨 심은 어린 나무

세상은 홀로 살아갈 수 없음을
혼자만이 아닌 것을 미처 알지 못함을
말해주지 않는다 해서 원망을 키우는 동안
그 침묵의 의미를 알지 못해

잃어버린 기억은 어디로 갔을까

내 마음의 고독이 너무 커서
살펴보지 못했건만 새순의 잎을 키우고
어느새 나를 보라 고개를 끄덕인다

언제쯤에나 다 자라서
신록의 눈부신 빛을 발할까

바람이 되면

떠다니는 먼지로 흘러 흘러서
어쩌다 이곳까지 나는 왔을까

더 이상
잃을 것도 버릴 것도 없는
단출한 삶의 한 모퉁이에서

그래도 남은 것이 내게 있다며
가만히 꺼내 보는 하이얀 꽃잎

꽃길 따라 강길 따라
하늘 함께 흐르는 봄

주체할 수 없이 불어나는
집착의 소용돌이 앞에
순간으로 서서

시간을 접으며

다가오는 모래언덕처럼
그렇게 달려오는 바람의 언어

아픔도 행복도 영원한 것은 없지

암남공원

오랜 기억의 흔적을 따라
송도를 끼고 감천 가는 길

해풍에 가슴 열고
기다림 풀어 출렁이는 곳

여기는 옛 혈청소 모짓개 자리
태공은 낚대 드리워 꿈을 낚는데

솔숲 푸른 바다의 향기
파도치는 젊은 날의 열정

떠나도 떠날 수 없는 물빛
신기루 같은 남녘 바다여

물고기자리

깊은 어둠의 숨은 자리
꼬리를 물고 일렁이는
고독의 날 선 메아리

풍경과 스침이
일상으로 투영되는
하늘 밑 바다 끝자락에서

멈출 수 있다면 사랑이 아니라는
그토록 질기고도 두려운 집착 아래
메마른 부재의 바다를 달리고

잠시 떴다 사라져 버린
별처럼 먼 슬픈 집념의 짝사랑

허공에 뿌리를 내리고
절망의 손을 놓는다

흰나비

꿈처럼 다가와
손끝에 머물다 돌아서며
한 줄기 섬광으로 사라진 바람

어디로 갔을까
아득한 향기 어둠의 빈자리
계절을 잃고 길을 찾아 나선
슬픈 떨림의 빛바랜 환상

이제는 가고 없는
시간의 약속

서러워 말자
떠나지 못해 흘린 이슬
다시 또 봄은 오고

기다림이라는

끝없이 달려가는 오늘
염치없는 내일은 또다시
잠들지 못해 남겨진 흔적으로

지울 수 없는 체념만 가득
있어도 없어도 그만인걸
무너진 가슴 속 백일몽

채워도 채울 수 없는
공허한 빈자리의 울림이여

다시는 오지 않았으면 하는
두려운 떨림의 연속

바람이 불었고
비가 내렸다

민들레의 꿈

선택이 없는 세상과의 만남 앞에
내던져진 두려움과 이별의 무한 연습
봄내 빈혈을 앓아 노오랗게 돌아누운 대지의 품 안에서
주어진 운명에 순종의 뿌리를 가만히 내려놓고
비바람 둘러막아 인고의 세월을 살던 곳
반복되는 눈물과 시련을 일상인 양 다독이며
황량한 빈 들을 휩쓸고 지나가는 낡은 바람의 기억들
가볍게 다시 일어나 날마다 꿈꾸는 머언 곳
살아도 살아 있는 것이 아니라면
이제는 굴레를 벗고 싶어
솜털같이 하얀 가슴 환히 열고
미련도 애착도 없이 날아가리라
멀리 떨어져 사는 모성이 되리라

담담히 흐르는 뜬구름으로 푸르게 날아
착하고 가난한 사랑 양지바른 곳
다시 한 번을 깨어 있는 꿈이었으면

거짓말

그때는 그랬었노라고

날카로운 칼끝에 매달려 흔들리는
잃어버린 기억의 한 조각이고자
불쾌한 욕심으로 가득 찬 아픔으로
과녁에 꽂혀 있는 비수 같은 달빛

상실의 아픔을 알고 싶지 않았던 것을
두 눈에 매달린 눈물의 진실만큼
인정하고 싶지 않은 빼앗김에 대한
두려움이 흩뿌리며 내리는 짙은 안개비

아니라고 하면 된다

제 2 부

시간의 장막

이른 아침 구름이 몰고 온
상념을 따라 생겨난 물웅덩이 위에
어디서 왔는지 소금쟁이 한 마리

하늘을 버티고 선 고고한 고집 하나로
미끄러지듯 당당하게 일렁거린다

완강한 표면장력과 맞선 위태로움에도
억지로 외로운 장막을 펼치고
견고했던 시간의 벽에 기대어

마른 입김에도 떠밀리는 깃털처럼
흘러갈지라도 결코 타협할 수 없는
세월은 남으니

가녀린 추억일수록 더욱 끈질긴
생존의 의미에 사는 나날을 보렴

옥수수 한 알

한 번도 속을 드러낸 적이 없어
하늘 가득 당찬 계절인 줄만 알았더니

발작처럼 부풀어 올라 파열하는
기나긴 홀로서기의 끝에서

마음은
그저 견디고 있었던 것
원죄의 옷 한 벌로 비를 맞으며
남루한 삶의 무게감을 강한 척으로
버티고 있었을 뿐

세월은
상실과 아픔으로 고개를 넘고
또 그렇게 하루해가 저무는데
이제는 흘러가는 대로 두렴

또르르 굴러가는 눈물 한 방울

낮은 자리에서 비로소 싹을 틔운다

세잎클로버

무수한 발자국에 찢어지고
한 줌의 풀로 조각조각 흩어져도
일제히 일어나 머리를 흔들며
조용히 외치는 바람의 소리

하나의 행운을 손에 넣으려
수십 개의 행복을 밟고 서서
찾아도 찾을 수 없어 그마저
고달픈 오늘로 살아가도
부질없는 기다림의 노래라
뜨겁게 웃어보아도

넘쳐나는 그 속에 내 것은 없었다.

무연한 길 위에 들어다 놓은
발끝에 매달린 아쉬움 따라
드문드문 줄지은 상처 한 아름
저녁놀 스미는 길가에 서서

어스레한 눈길로 세어보는
세 잎의 꽃망울

행운은 행복의 돌연변이라
책갈피에 끼워두는
마음의 힘

바다는

아득한 바람의 갈기를 따라
비늘처럼 살아나는 은빛 물결

바다를 달리는 푸른 말이
전설의 초원에서 잠시 숨을 고르면

바람은 능선에 올라
흐르는 구름으로 땀을 식힌다

버릴 수 있어야 다시 산다는
부질없는 물살의 속삭임 곁에서

지울 수 없는 기다림의
발자국만 하나 둘 살아오는지

끝없는 도돌이표의 길이 열리고
바다는 그렇게 또 푸른 하루를 간다

깨어진 시계

그저
하루가 전부인 것처럼
이음새 없는 고리로 돌고 돌아
끝없이 만나는 과거와 미래의 공간

시간의 잔해 속에 헛도는 불협화음은
속이 텅 빈 게으른 일상에 가한 일침

갈기갈기 찢어놓은 추억의 고통은
조그맣고 친밀했던 그리운 소리로
규칙적인 부름처럼 다시 살아나

이제야 비로소 돌아오는 현재
내 몸에 따뜻한 피가 돌고 있다

검은 방

허기진 외투에 먼지 한가득
진실이 사는 마지막 틈을 찾아
혼자 선 차가운 방

아늑하지 못한 허술함에도

눈물 나는 기다림이 있음을
목 놓아 손짓하는 존재의 울타리

성급히 박차고 날아올랐던
화려한 욕망의 날갯짓은 바람에 꺾여
비상하지 못한 꿈으로 켜켜이 쌓이고
꿈틀대며 떨려오는 미련의 울림만

서글픈 구석에 앉아
더듬어 만져보는 허전한 온기

빠르게 늙어가는 시간을 따라

맹렬하게 허물어지는

내 안의 방

진짜 거짓말

달콤하고 연한 위선의 굴레
다사롭게 감아오는 혀의 놀림
철 늦은 어둠 속 비릿한 미소로
무심히 흘려보낸 세월의 더께

속고 속이며 잠시 머물다 가는 길목에서
외롭고 정의로운 허세 하나 붙들고
끈적이는 기억 위에 엉거주춤 올라
은밀하게 흐르는 광대의 몸짓들

이제는 그만

어리석은 의심에 돌아오는 비수가
피 흘려 흐느끼는 가슴에 박혀
오갈 데 없는 네거리
갈 곳 잃은 진실 같은
저 당당한 거짓말

바다의 눈

그 바다의 끝자락을 지켜
뜬눈으로 밤 지새우는 등대

나만의 울타리 둘러
텅 빈 무게로 밤이 밀리면
무작정 쌓이는 어둠의 시간

일렁이는 별들의 도란거림조차
꿈틀대는 외침으로 삼켜버려도
아무래도 떨쳐지지 않는 각질로
단단한 석회질의 따개비처럼

기억의 편린은 비늘 끝에서
하나씩 하나씩 새살로 돋아나
달빛에 출렁이는 갯바위의 노래

소리 없는 파도의 울림
슬픈 눈의 밤바다 하나

피조개의 말

휩쓸고 간 파도만 같아서
날 세워 고한 이별

무슨 마음의 골이 그리도 깊어
이리도 사무치는 회한의 메아리
고집스레 돌아오는 껍데기뿐인 말

변덕을 알아달라고 하지 말걸
불안을 이해해달라고 하지 말걸
내일이면 또 후회를 하겠지
꼭 다문 맘 조금이나 열어 볼걸
기다림이 있어 좋다고나 말해 볼걸

몸을 타고 출렁이는 결 고운 물살이
마음 다잡아 새긴 물무늬 따라
뭍에서 불어오는 소식이나 전해 줄까

날카로운 기억의 손을 놓으니

무딘 가슴 속 피멍만 가득 남아

이기적 마주서기

내가 나를 사는
확실한 공간이기 위하여

그것이 결국
슬픔을 잊게 하고
아픔을 치유하는 묘약과 같아

편견으로 무장한 눈과 귀를 열어놓고
생각만으로도 가슴이 떨리는
차가운 존재의 이유라 하나

돌아서서 다시 또 바보가 된다 해도
바라는 마음 기대하는 눈빛으로
더는 묻지 않아야 하는 것을

오만의 대가가 가시덤불이 되어
올가미처럼 죄어오는 족쇄로 자라도
고장 난 어둠 속 초라한 메아리는

내가 나를 사리는 힘겨운 끌어안기

바람처럼 왔다 사라지는
텅 빈 안타까움에도
당당하게 마주서서 다시
나를 돌아보는 자유를 본다

유언비어

들을 수도 없고
안 들을 수도 없는
혀들의 향연

망설임 없이 쏟아지는
날 선 바람의 노래는
언제부터였는지

풍문을 따라
발자국이 가는 대로
시퍼런 귀는 열리고

언제쯤 끝날까

그 삭막함과 고독에 대해
아는 이 없으니

분노할 수 없는 웃음

그것이 전부다

달밤

빛 따라 발길 되짚어
얼어붙은 시간의 바닥에 홀로 서면
희부연 달빛은 그림자를 에워싸고
어둠을 사려 어디론가 떠내려간다

밭은 날갯짓으로
황망히 멀어지는 허망한 바람
가슴에 남는 외로운 이름

슬픈 미련의 몸부림인가
몸과 마음이 함께 젖어 떠내려가는
그토록 아련한 꿈길에 서서
내가 나를 비워 다시 가슴을 앓는다

내 것일 수 없는 것들은
거둘 수 있을 만큼만 거두자고
불꽃 같은 삶에 바장이던 나날

무모하고도 고독한 밤
부나비처럼 납는 춤사위

아직은 공사 중

눈만 뜨면 끝날 것이라
바보 같은 순애보

힘겹게 오르는
은밀하고도 은밀한 계단
알 수 없는 관계들의 밀림에
좁은 진입로 앞 잠시의 머뭇거림
난간을 붙잡고 아슬아슬
시절 한 번 원망하고
녹초가 된 몸뚱이
소통의 부재다

끝없는 믿음바라기는
여전히 진행 중

산다는 것

아파트 밀림 그 가운데 서서
두리번거리는 공포증 환자처럼
무엇을 한 것도 없는데
무엇을 한 죄인이 되어

도심과 바다 속 사이로
어쩔 수 없어 존재한다는
억울할 것도 없이 스쳐가는 남남

하루를 보내는 깊은 무심의 그림자
마음이 바뀌면 도심도 숲이 되니
슬픈 정적은 능선을 따라 흐르고
뒤늦은 깨우침의 어두운 잔상

아무도 눈길 주지 않아도
별들은 스스로의 담소로 뜨겁다.

골목에서

언제 여기를 지났던가

꼬인 미로를 더듬어
다시 걸음마 배우듯
실타래를 풀어 놓고

막다른 길 다다라서
조심스레 불러보는
낯선 바람의 이름

담벼락 가득한 햇살 아래
눈 감아도 보이는
발자국을 찾아

가만히 기대서니
바늘처럼 살아나는
생기로운 순간들

언제였을까

이제는
즐비한 사람들 사이
숨 막히게 깔려
버려진 내 이름뿐

그래도 사람은

무서워 무섭다 하니 우습고
싫은데 싫다고 하니 모자라는
사람이라는 것이 그렇게
그저 사람이어서

그래서
무섭지도 않고 싫은 것도 없는
눈치 보는 사람으로 사는

숨 쉬기보다 더 쉬운
그 말을 못해 그저
숨어서 뒷걸음만 치는
진실의 술래잡기

그래도 사람은
서로가 서로를 열며
서로를 살아야 하니까
사람이라는 거지 뭐

공중전화에게

언제였을까 기억을 더듬어
서슬 퍼런 제 안의 단단함이
제풀에 무너지던 날

불빛도 그림자도 흐려져
어렴풋한 환상으로만
마음 하나하나를 꼭꼭 눌러
켜켜이 쌓아둔 말의 탑
오늘도
길가에 홀로 서 있을 외로움에게
전하고 또 전하는 헛된 이름

지금은
메아리만 돌고 돌아
눈을 뜨면 언제나 제자리걸음뿐

떠돌다 가는 말의 흔적만 남아

퇴근길

오늘 하루
무사히 보낸 걸음
뒤뚱뒤뚱 엉거주춤
불안하기 짝이 없다

걸어가는 거리마다
접어드는 골목마다
널브러진 기억들

버리는 무심함으로
채우는 기다림으로
그리 살라 일깨우는데

반기는 이 하나 없는
쪽방 주인처럼
가장 오래된 길목에 선
쓸쓸한 방랑자로

어스름 달빛 아래
그림자가 슬프다

제 3 부

가을 편지

저마다의 담담한 표정으로
이제는 돌아서야 하는 시간
부서져 허공에 흩어진
메마른 호흡의 잔재

여름내 벌거벗은 우울이
홀로 가지 끝에 올라
가슴을 태운다

붉게 타는 시간에 매달려
놓지 못한 작은 손
글썽이는 한 잎 회한의 몸짓은
망각의 강을 흐르는 노을이 되리니

버림과 비움을 배워
이제야
먼 길 떠나는 마침표 하나

망각의 강

지는 해가 노을을 흩뿌리고
아득한 곳에서 파도가 일 때면
너의 소리를 듣는다.

걸음걸음 스쳐가는 바람의 환상
모든 것은 침묵하고 길이 열린다.
나는 너와 함께 있었다.

숲길을 걸어오는 별빛의 일렁임
닿을 듯 말 듯 가만히 속삭이고
이렇게 너는 멀리 있는데

돌아올 수 없는 길목에
날카로운 비수로 서서
너는 나와 함께 흐른다
했다.

외사랑

오늘도 어제처럼 깨어
젖은 아픔으로 길들여지는
애틋한 그리움의 꽃무릇

죽어서도 다시 못 볼
이승의 아린 가슴에 남은
붉은 열정의 그림자

이루어질 수 없어 더욱
꿈같이 애달픈 추억의 이랑에서

기다림이 발돋움한 긴 꽃대로
불망의 먼 바다를 여는

살아 외로운 몸짓 하나로
오늘도 어제처럼 내일을 산다

낡은 책상

삐거덕삐거덕

십 년을 하루처럼
잔소리만 일삼던 내 작은
나무 책상이 임무를 마치던 날

더께더께 엉킨 세월을 닦고
혹여 묻어 있을 미움을 떨어내고
서랍 속에 든 추억을 꺼냈다

미련이란 그렇게 버리면
그만인 걸 몰랐냐는
억지스런 푸념으로

이제는 다 되었구나
손을 털고 돌아섰을 때

낡은 기억의 헛기침

관절염 앓듯 삐걱이면서

단단히 발목을 잡는다

단풍은 지는데

메마른 슬픔으로 머물다
이별을 알고 일어서는 침묵

별빛의 눈물로 흔들리는
가지 끝의 안부는
찰나의 일렁임으로
박차고 떠난 차가운 미련

이리도 고운 사연을 안고
불타는 가슴 엮어 삼킨 인연
어디 가서 맺을 수 있을까
다시 죽어 사는 계절

치열하게 맴돌다 돌아서서
완강히 사라지는 꿈처럼
고집스런 탄식이 되어

떠다니는 시간은

한 편의 그림으로 남아

진주 목걸이

내 안의 독이 너무도 아파서
나 아닌 누구도 허락할 수 없기에
뜨겁게 썩어가는 잔인한 침입자

하루 또 하루
주름진 눈물이 짙을수록
한 뼘씩 자라나는 이슬방울들

파도 위 물소리는 울음소리로
저 멀리 아득한 물마루에 얹혀
마디마다 웃자란 화려한 종양

이제 다시는 기다릴 수 없는
안타까운 정성 가슴에 가득
내보일 수 없는 병만
이리도 깊은데

너의 의미

잊어야 하리라
슬플 필요도 없어야 하리라

노을 진 하늘에 손을 흔들면
낙엽이 계절을 따라 홀로 떨어지고
슬퍼도 슬퍼할 수 없어 무너지는 오늘
그림자처럼 흩어지는 석양을 따라
하나 둘 사라지는 상념의 파편

아침마다 그렸던 너의 하늘을
언제쯤 잊을 수 있을까

나의 기억에게 부탁을 하노니
차가운 가슴으로 부디
그냥 흘러가라

눈 먼 산

온종일 비는
조심스레 내리고

무심히 흘러 보내는
능선의 구름을 따라서
끝없는
쉼표와 마침표의
지루한 이어가기

무거운 발걸음마다
깊게 패인 한숨

빗줄기 사이로 들어서는
모진 자유를 품에 안고
차마 어쩔 수 없어
구차하게 마감하는
오늘의 일과

조금만 쉬었다 가자고
그래도 된다고

징검다리

이 길이 힘들까
뒤돌아 다시 한 번
이 길이 외로울까
두들기며 걷고 걸었던
만남과 이별의 끝자락에
홀로 남겨진 빈 가슴

휘돌아 감아오는
물살의 일렁임 속에
힘없이 쓸리며 흘러가는
젊은 날의 기억은
이제는 담을 수 없는
미련의 파편들

서러울 것도
아쉬울 것도 없다지만
한 세상 감내하며 흘린 땀방울
힘겹게 만들어낸 길 앞에 서서

당당히 일어나 오늘을 보내니

한 땀 한 땀 이어지는
운명의 돌다리 위에
거리낌 없는 발자국 하나
마음을 다해 눌러본다.

단풍잎 사이로

발걸음이 새삼 흐트러지는
무성한 낙엽의 그림들 사이로
떨어지는 나뭇잎 무심결에 받아 들고는
문득 손바닥 위에서 불타는 이 가을이
기다렸다는 듯 다투어 떠나가는

소박했던 기억 쓰다듬으며
언제든 떠나가지 않는 계절이야 있었으랴만
아무렇게나 흘러가는 듯
어제의 가을과 오늘의 가을은
한 장 낙엽에도 서늘하게 다르기만 하니

여릿여릿 멀리서 보내는 차가운 손짓을
설핏해지는 햇살로 받아 옷깃 여미고
날마다 하늘을 살피는 단단한 마음에
깊숙한 침묵으로 홀로 선 나무처럼
세상 끝에 서서 버리는 체념

거울아 거울아

가슴으로
자신을 들여다보는 일이
너무도 어려운 것인지라

보이는 것이 더 중요한 현실이라서
자신을 부정하고픈 화려한 치장으로
마음이 병든 공간불감증 환자처럼
보고 싶지 않아도 봐야 하는
보고 싶어도 보지 못하는

치열한 몸부림의 자화상

보여도 보이지 않는 곳이어서 아플 수 없는
아파도 표가 나지 않아 위로받을 수 없는
소중히 가꿔야 할 마음의 얼굴

내가 비춰야만 존재하는
나

약속에게

너는 오히려
힘이 되거나 독이 되거나

멈출 수 없는 기다림을 배워
이리도 웃자란 슬픈 자화상

기다릴 수 없어
다시 또 기다려야 하는
모순의 회오리 속에서

만나지 못하는 쓸쓸함이란
싫어도 봐야 하는 것과
그토록 같은 고통임을

그렇게 눈물로 서서
조용히 내려놓는 갈망의 손

비는 내리고

바람은 지나가면 그만인 것을

호수처럼

노을을 풀고 일어서는
붉은 물결의 나른함이라면

맑은 이슬의 찰랑임이
푸른 하루의 시작이라면

세상을 품는 일이 아직은 서툴러

천 번을 돌아 밀려오는 업으로
돌이킬 수 없는 시간의 고리처럼
감아도 감기지 않는 빈 세월만 남아

남모르게 서성이는 쓸쓸한 빛으로
끝없이 맑은 모래의 아늑함으로

내가 나를 다시 펼 수 있다면

조용히 비춰 보는

침묵의 그림자 하나

삶과 함께 부르는 노래

나비처럼 지나가는
책장을 한 장 넘기면
이야기 하나
또 한 장을 넘기면
다른 이야기가 하나 있다.

나는 없는
아빠 이야기
엄마 이야기

끝이 없는 끝 이야기같이
되돌릴 수 없는 처음의
참혹하게 흘러간 시간

떠도는 소문이라도 될까
한 줄도 허락되지 않았던
가족사의 변두리를 돌며
쓰러져도 쓰러질 수 없어

숨죽인 긴장의 나날들

사노라면 언젠가의 꿈으로
더듬어 자리를 찾고 싶은
슬픈 소녀의 기도

모자라지도 남지도 않는
마지막 한 페이지를 두고
남은 하루를 정리하듯
이해가 아닌 함께의 노래
오늘도 낮은 소리로
불러본다.

* 평화의 소녀상

흐르는 푸른 별

끝나지 않은 비린 호흡의 길에
줄지어 나열한 원혼의 장벽

진위의 구분도 생략된
절차 없는 죽음의 웅덩이 앞에서
흘러도 흐를 수 없는 붉은 강물이 되어
기약 없이 떠난 시리도록 푸른 아픔
원통한 메아리만 부서지고 흩어져

침묵에 묵살당한 반백년의 기다림
생사도 가족도 잊어야 했던
잔인한 은폐의 그 이름은
부를 수 없는 낙인을 남기고

그저 진실 앞에 당당히 서고 싶은
떠다니는 바람의 그림자
그 누가 알아줄까

닦아도 닦이지 않는 눈물길
다시 또 살아 이어질 천년의 물길

깊고 큰 해원解冤의 물결소리 들리고
나 이제는 돌아가 별이 되리라
영원을 흐르는 푸른 별이 되리라

* 한국전쟁 민간인 희생자 추모글

넋의 노래

가난한 마음에도
해마다 봄은 오고 꽃비는 내리는데
날 선 바람은 남아 있던 꽃잎마저
산산이 흩어버린다

이념의 칼춤에 정신을 놓아
버려지듯 묻혀버린 청춘의 초상
너는 떠나고 나는 남았다

소리 없는 울음의 행렬 앞에서
무릎 꿇고 앉아 올리는 탄식
한 서린 메아리 홀로
적막한 산을 넘는데

살아남은 이의 붉은 울음은
조각난 시간의 흔적을 따라
잃어버린 진실을 찾아 흐르고

칼바람 몰아치는 마른 들판을 질러
기다림 하나로 봄을 날아오르는 넋
저 시린 나비의 서러운
춤사위를 보라

노래여 넋의 노래여

* 한국전쟁 민간인 희생자 추모글

운문사 솔바람 길

부드럽게 흐르는 평탄한 길에
살며 시련과 좌절을 안은 이끌림은
길 위에 놓인 그림자를 따르며 사는 이유
무겁고 힘들고도 다른 길에 섰다

씨앗을 뿌리고 깨달음을 수확하는
깨끗한 수행은 고즈넉한 산들의 울림
잠시 다녀가는 세상의 눈물과 바람들은
먼 여정 함께하는 오랜 소나무처럼
세월의 무게는 하늘에 털어버리고
해탈의 진리를 향해 불이문을 넘는다

구름처럼 떠도는 망각 속에서
만세루의 바람이 밀치어 뒤돌아서면
아무도 앉지 않은 빈 쉼터에
나른하게 기울이는 슬픈 그리움

희로애락이 여기 있으니

삶과 죽음은 결국 모든 것이 하나

아직 노을은 지지 않았음을

모질지 못한 운명이여

제 4 부

겨울 해바라기

언제까지 이룰 수 있을까

인내와 기다림의 날들 속에
까맣게 쏟아내는 외로운 다짐

죽어 화석이 되어 다시 사는 고독

부질없는 약속 환상의 발돋움
끝없는 망부석의 하늘바라기

매일 아침 떠오르는 햇살처럼
날마다 조금씩 일어서고 싶은

꿈꾸는 내 하루

뱀과 꿈

그리운 만큼 상처가 슬퍼서
시간에 기대어 그려보는 허상
잊으려 잊기 위해 찾아선 하늘 밑

꿈이었을까

다리도 날개도 없는 아픈 짐승
반기는 이 없어 모질게 뿌리친 눈물
무성한 잡초 더미 위로 흩어지는 잔광들
차가운 햇살이 갈증의 비늘을 털어낸다

어디로 갈까

내 안에 흐르는 비릿한 검은 피는
빗소리 바람 소리로 다시 살아나
거친 밤 풀벌레 울음소리
맹렬한 발돋움

다시 한 번을 태어나고 싶은

이 허기진 승천의 꿈

믿음 앞에서

지난 일은 지난 일이라 잊으라는
용서받지 못할 세월의 한숨

이제는 아니었으면
그런 내가 아니었으면

벗어나지 못한 올가미
끝없이 이어지는 욕망과 집착

날 선 배신과 상실 앞에서
다가설수록 허망한 연기

가둘 수 없어 더욱 간절한
시간의 저편 바람 같은 꿈

오로지 내가 나일 수 있는
한 줄기 흐르는 강심을 본다

변명

살아서도 죽어서도
되돌려 보고 싶은 시간들

버릴 것은 버려야 한다
차라리 눈이 부시게

온몸을 태우며 반짝이는 별들
멀고 아득한 꿈은 저만치 날아가고
발버둥 치며 붙들어야 할 의미조차
적당한 운명처럼 무뎌질 때

언젠가 살아남음을 흔적마저
다시는 없도록

그래, 이제는

갈 곳 없이 떠밀려 흐르다
후미진 골목 쓰라린 기억의 멈춤

가버린 날의 피곤한 세월만 헤집어
힘겹게 지나가는 실바람을 타고
켜켜이 일어서는 비린 통증

다시는 오지 않을 사연을 남겨두고
이제는 폐선이 되어 버린 그 길을 따라
더듬어 만질수록 아득하게 멀어지는
시리도록 아픈 발자국

언제나 다시 찾아 올 수 있을까
발길은 자꾸만 뒤를 돌아보고

혼자 남아 흘러가는 그 끝에서
돌아오기 위해 다시 떠나는

무심한 그림자

* 동해남부선

잊혀지기 위하여

왜 이제야 다시 돋아나는지
그토록 아린 울림의 재생

달빛 아래 잔잔한 걸음새는
일렁이는 그림자로 돌아와

무심한 기억의 가시를 밟고
가지 끝에 흐르는 구름이 되어

이제 어디서 멈춰야 하나

가뭇없이 솟아나 온몸을 휘감는
무성한 덩굴손의 하릴없는 되감기

어둠의 그늘 아득한 변두리에서
차라리 별빛처럼 멀어지는 슬픔이 되자

마음에 새겨 잊지 못할 이름을 지워

오늘은 다만 잊혀지기 위하여

모순

무성한 사람의 바다
그곳에 홀로 선 웃음의 광대

날 선 가슴은 마음껏 활대를 잡고
원망을 던지며 오늘도 울음을 묻는다

난 어쩌란 말인가
말은 화살이 되어 하늘을 가르고

유유히 흐르는 달빛과 같이
바다는 그렇게 여전히 말이 없어
참으로 눈물이 나는 것은
머무는 곳 아는 이 없으니

시위를 떠나 맴돌고 돌아오는
무언의 공허함만 가슴을 찌르고

길 위의 벽

거품 같은 세월에 닻을 내리고
흐릿한 아침을 뚫고 가는 길 위의 불빛

말쑥한 정장 차림 종일을 달려도
곪아 터진 도시의 빌딩은 비린 꿈에 가득 차
사라지는 시간을 두드리는 헛된 욕망들

오늘도 거리에서
영생을 외치는 소리를 피해
눈 감고 귀 닫은 채 홀로 쌓는 성채
절박하면 저렇게 돌아서고 마는 것인지
무심한 침묵 속 남아 있는 온기마저
떠밀리듯 온몸으로 거르고 걸러

길 위에 엎드린 가난한 고독의 성주
당당하게 불편한 회피와 연민의 눈

누가 네 삶에 가치를 매기는가

아기와 웃음

홀로 된 그림자로 서서
심연 속으로 잦아들고 싶었던
조마로운 만남의 순간

부드러운 미소로 다가오는
맑은 풀잎의 노래와 같이
햇살에 눈이 부셔 몸부림치는
푸른 나비의 날갯짓처럼

나를 품고 춤을 추는 내 안의 분신

바다의 향기를 머금고 달려오는
나팔꽃 같은 입술이여

살포시 고개 들어 방긋 웃는
그 안에 내가 있다

다시 산다는 것

다시 돌아가고 싶어라.

잔잔한 즐거움의
바스락거리는 소리

모든 살아 숨 쉬는 것들의
축복 받은 고향으로

바람 따라 흩날리는
젊은 날의 발자국 따라

낙엽 속 가득한 생의 욕망은
다시 찾은 순환의 기쁨

시간의 강이 열린다.

노을길

등 굽은 능선 아래 매달려
나른한 수평선이 흐르는 시간
거친 바람에 떠밀리듯 쉴 곳을 찾아
비늘처럼 부서지는 뜨거운 낙조

떠나보내고 포기해야 하는
타인처럼 떠내려간 생의 그늘에
기도가 전부이던 간절한 계절
그래도 꽃은 피더라니

돌아가려도 돌아갈 수 없는
고단한 길 위에 망각의 강으로 서서
다시 또 나를 살게 하는
목마른 깨달음의 한 호흡

바람 같은 향기로
강물 같은 마음으로
낮은 한 걸음

또 애달픈 한 걸음

긴 하루의 발자국은
천 번의 날갯짓으로
어둠을 가르는데

외출

그래
그리움도 외로움도 다 두고
그렇게 훌쩍 떠나는 거야

시간 따라 머물고 돌아가는
무심한 길손처럼

잡아도 잡을 수 없는
안개 속 그림자로 떠돈다 해도

밀쳐진 기억 따라 들고 나서는
낡은 여행 가방처럼

감추고 감추어도 주체할 수 없는
고독으로 꾸린 짐이라 해도

어둠 속 가로등 하나
돌아오는 길 밝혀주기를

날마다 떠나는 이의
돌아오기 위한 이별연습

그래
그렇게 떠나는 거야

해설

상실의 감각과 마음의 정처
— 손화영의 시세계

구모룡(문학평론가)

손화영의 시에서 두드러진 의식 현상은 상실의 감각으로 나타난다. 이는 한편으로 기억이나 추억과 연관되고 다른 한편으로 나날의 삶과 결부된다. 이미 지나간 기억을 상기하고 추억을 좇아가는 의식은 사라지거나 잃어버려 아쉬움을 남기거나 이룰 수 없어 부질없는 기다림을 갖게 하는 사건을 휘돈다. 이러한 때에 시적 자아를 지배하는 정조는 비애다. 대개 이러한 현상은 유한한 몸을 지닌 인간의 나이 듦과 분리할 수 없는 감정의 양식이다. 순수한 유년의 꿈이나 청춘의 사랑과 우정은 퇴색하거나 흩어지게 마련이다. 고갈과 불모를 향하는 몸과 마찬가지로 풍요롭던 감정의 정원도 화려한 색채를 잃게 된다. 따지고 보면 아직 오지 않은 불투명한 미래를 노래하는 시인은 혁명을 예찬하거나 순환하는 계절을 따라 순응하며 낙관하는 이를 제외한다면 드물다. 대체로 지난 시간을 돌아보고 그리워하며 상실의 아픔과 슬픔을 표현하거나 현실의 고단한 삶을 말하고자 한다. 그래서 시인은 누구보다 슬픔의 존재이다.

기억 혹은 추억은 손화영의 많은 시편에서 빈번하게 등장한다. "잃어버린 기억"(「거짓말」, 「홀로 자라난 나무」에서), "끈적이는 기억"(「진짜 거짓말」에서), "날카로운 기억"(「피조개의 말」에서), "가버린 시절의 눈물/추억"(「잃어버린 마음」에서), "널브러진 추억"(「아카시아」에서), "갈기갈기 찢어놓은 추억"(「깨어진 시계」에서), "서랍 속에 든 추억"(「낡은 책상」에서) 등과 같이 여기저기에서 출현한다. 이와 같은 반복적 변주는 "상실의 아픔"(「거짓말」에서)이나 "추억의 고통"(「깨어진 시계」에서)을 동반한다. 더불어서 이로 인한 비애의 정조도 매우 지속적이다. 가령 「깨어진 시계」는 "추억의 고통"에 사로잡힌 시적 자아의 시간 의식을 잘 보여준다. "갈기갈기 찢어놓은 추억의 고통은/조그맣고 친밀했던 그리운 소리로/규칙적인 부름처럼 다시 살아나//이제야 비로소 돌아오는 현재/내 몸에 따뜻한 피가 돌고 있다"라는 구절이 말하듯이 추억이 환기하는 의미가 '현재'의 활기로 되살아난다. 마치 "규칙적인 부름처럼" 반복하는데 이는 "시간의 잔해 속에 헛도는 불협화음"에서 놓여나지 못하는 시적 자아의 사정과 무관하지 않다. 그만큼 기억이 끄는 힘이 크다. 이와 같은 인력이 우선 서정의 벡터로 표출된다.

산다는 것이/마냥 대지를 적셔/흐르는 꿈일 수는 없지만/하염없이 풀어진 시간의 넋/새삼 구속 아닌 구속으로 다가와/쓰라린 가슴에 속살거리고/나약한 발자국을 힘겹게 잡고 선/내 작고 슬픈 집념의 그림자//또 하나의 계절을 맞고 보내는/외로움에 깊어진 낡은 그리움/내 설움에 내가 겨워/흐느끼는 봄밤//비가 내리면//끝없는 망각의 아린 상처는/흐르는 물처럼 따라 흐르고/다시는 돌아올 수 없는/길 없는 길처럼/비는 내리고/나는 흐른다(「봄비처럼」 전문)

어떤 "작고 슬픈 집념의 그림자"가 존재를 구속하는가? 이는 자아나 무의식일 수도 있고 타자일 수도 있다. 어느 경우든 지나간 기억, "낡은 그리움"의 부산물이다. "설움"은 흘러가 버린 추억에서 비롯한다. "끝없는 망각의 아린 상처"가 덧나면서 비가(悲歌)가 발원한다. 시적 원천은 이와 같은 비가에서 시작하며 "다시는 돌아올 수 없는/길 없는 길"의 과정으로 이어진다. 즉 상실로 인한 슬픔의 길 위에서 시적 발화가 거듭한다. 그러니까 어떤 대상이 있어서 온전하게 사라지지 않으며 흔적으로 추억을 환기하며 슬픔을 유발한다. "언제 여기를 지났던가"라는 구절로 시작하는 「골목에서」는 "막다른 길 다다라서/조심스레 불러보는/낯선 바람의 이름"을 떠올리면서 "가만히 기대서니/비늘처럼 살아나는/생기로운 순간들"을 상기한다. 이러한 과정에서 "이제는/즐비한 사람들 사이/숨 막히게 깔려/버려진 내 이름뿐"이라는 자각에 도달한다. 타자의 상실 혹은 그 유산이 자아의 의식을 구속하고 축소한다. 그만큼 상실의 감각이 압도적이다. 물론 망각을 가장하고 "상실의 아픔을 알고 싶지 않았던 것"(「거짓말」에서)이 허위임을 안다. 결국 시적 발화는 "두 눈에 매달린 눈물의 진실"(「거짓말」에서)과 무연하지 않다. 또한 사물은 기억을 추동하고 추억을 매개하며 상실을 은유하는 시적 과정으로 나타난다. 이는 "맘 붙일 곳 없던/텅 빈 가슴 한 비탈에/가만히 옮겨 심은 어린 나무"가 "잃어버린 기억은 어디로 갔을까"(「홀로 자라는 나무」에서)라는 물음으로 이어지는 일과 같다. "찬 이슬 벗 삼아/쓸쓸히 타다 지는/동백꽃"은 "석양 따라 젖어오는/가버린 시절의 눈물바람/추억"으로 "노을"(「잃어버린 마음」에서)처럼 붉게 번진다. 이러한 표현은 어두운 바닷가에서 "단단한 석회질의 따개비"를 통하여 "기억의 편린"이 "비늘 끝에서 하나씩 하나씩 새살로 돋아나/달빛에 출렁이는 갯바위의 노래"(「바다의 눈」에서)로 변주되고, "향기가 바람이 되어/산허리에 흩어지고/갈 곳 잃어 누워버린/불안한 꽃자리"를 차지한 아카시아가 "널브러진 추억/찾아와 돌아보지 않는/슬픈 영혼이 꿈"(「아카시아」에서)으로 비약하는 과정으로도 표출된다. 모두 "날카로운 기억의 손을 놓으니/무딘 가슴 속 피멍만 가득 남아"(「피조개의 말」에서) 있는 형국이다.

「거짓말」이나 「진짜 거짓말」이 말하듯이 "상실의 아픔"을 감추거나 "끈적이는 기억"을 망각하는 일은 헛된 어리석음에 그치고 만다. 시적 자아는 끝내 억압되고 은폐된 진실을 드러내고 만다. 때론 가면(persona)을 쓰고 "광대의 몸짓"으로 위무를 가장하지만 스스로 "달콤하고 연한 위선의 굴레"나 "외롭고 정의로운 허세"를 걷어내고 존재의 진실에 도달하게 된다. 기억에 구속된 자아의 표현 의지는 심리적 장치를 해체하며 외부를 향한 감정이입과 투사를 반복한다. 기억이나 추억은 일상의 평온을 가로지르며 존재의 사건으로 변화할 계기를 찾고 있다. 이는 마치 "서랍 속에 든 추억"을 꺼내든 순간과 같고 "낡은 기억의 헛기침"이 "단단한 발목을 잡는"(「낡은 책상」에서) 일과 흡사하다.

허기진 외투에 먼지 한가득/진실이 사는 마지막 틈을 찾아/혼자 선 차가운 방//아늑하지 못한 허술함에도//눈물 나는 기다림이 있음을/목 놓아 손짓하는 존재의 울타리//성급히 박차고 날아올랐던/화려한 욕망의 날갯짓은 바람에 꺾여/비상하지 못한 꿈으로 켜켜이 쌓이고/꿈틀대며 떨려오는 미련의 울림만//서글픈 구석에 앉아/더듬어 만져보는 허전한 온기//빠르게 늙어가는 시간을 따라/맹렬하게 허물어지는/내 안의 방(「검은 방」 전문)

사랑이든, 순수한 갈망과 동경이든, 비상의 꿈이든, 좌절과 단절과 추락의 경험으로 누적되는 게 삶이다. 비록 간단없는 성취를 동반하더라도 생은 모든 욕망을 충족하지 못한다. 욕망은 항상 외부와 나머지이다. 「검은 방」은 "진실이 사는" "존재의 울타리"를 직시하는 시편이다. 자기 안의 "혼자 선 차가운 방"을 대면하면서 사랑과 갈망과 동경과 비상이 "미련의 울림"으로, "눈물 나는 기다림"으로 남겨진 정황을 인식한다. 기억과 추억이 존재가 품은 상실의 감각으로 빠르게 번져 나는 대목이다. "서글픈 구석에" 남겨진 "허전한 온기"처럼 지난날의 "화려한 욕망"은 덧없다. 이제 먼지로 덮인 기억과 잔해로 남겨진 추억의 방은 어둡기만 하다. 자기만의 "차가운 방"은 출구를 잃고 "검은 방"으로 전화하며 "빠르게 늙어가는 시간을 따라/맹렬하게 허물어지는/내 안의 방"이라는 결구로 곡진하게 표출된다. 이처럼 시인은 상실의 존재론자이고 상실의 감각으로 외부의 사물과 만난다. "꽃비"를 "화려한 슬픔"(「봄이어서」에서)으로 지각하듯이 그는 "가버린 계절"(「계절을 찾아」에서)의 실감에 유난하다. 그래서 "풍경과 스침이/일상으로 투영되는"(「물고기자리」에서) 시적 과정이 지속되며 풍경은 "오랜 기억의 흔적"(「암남공원」에서)으로 감각된다. 「물고기자리」라는 시편의 표제가 암시하듯이 시적 자아는 "메마른 부재"를 숙명처럼 수락한다. 물론 단독자의 슬픔은 모든 존재의 일반적인 조건이다. 하지만 저마다의 슬픔을 통과하는 방식은 개별적이다. 그러니까 모든 시편은 이와 같은 단독성의 시차와 차이를 드러낸다. 손화영 시인이 지닌 상실의 감각을 주목하는 까닭이 여기에 있다.

그런데 상실의 감각은 존재의 모순이다. "채워도 채울 수 없는/공허한 빈자리의 울림"(「기다림이라는」에서)을 반복하면서 "어둠의 그늘 아득한 변두리에서/차라리 별빛처럼 멀어지는 슬픔"(「잊혀지기 위하여」에서)으로 남을 것인가, 아니면 "부질없는 기다림의 노래"를 건너서 "마음의 힘"(「세잎클로버」에서)으로 신생의 길을 걸을 것인가라는 선택에 직면한다. 자기연민과 자기부정 사이에서 요동하며 감상과 의지의 어긋남에 흔들리며 "발작처럼 부풀어 올라 파열하는/기나긴 홀로서기"로 "상실과 아픔으로 고개를"(「옥수수 한 알」에서) 넘어야 하는 존재의 조건에 당도한다.

> 갈 곳 없이 떠밀려 흐르다/후미진 골목 쓰라린 기억의 멈춤//가버린 날의 피곤한 세월만 헤집어/힘겹게 지나가는 실바람을 타고/켜켜이 일어서는 비린 통증//다시는 오지 않을 사연을 남겨두고/이제는 폐선이 되어 버린 그 길을 따라/더듬어 만질수록 아득하게 멀어지는/시리도록 아픈 발자국//언제나 다시 찾아 올 수 있을까/발길은 자꾸만 뒤를 돌아보고//혼자 남아 흘러가는 그 끝에서/돌아오기 위해 다시 떠나는/무심한 그림자

(「그래, 이제는」 전문)

이 시편의 대상은 폐선이 된 "동해남부선"이다. 이를 시적 화자는 "후미진 골목 쓰라린 기억의 멈춤"으로 감응하면서 그로부터 "켜켜이 일어서는 비린 통증"을 환기한다. 아직 끝나지 않은 추억이 생동하고 있음("비린")을 알 수 있다. 적어도 이 시편은 풍경과 사물에 투사하는 시인의 시법과 무관하지 않다. 그만큼 "더듬어 만질수록 아득하게 멀어지는/시리도록 아픈 발자국"에 예민하다. 하지만 결구의 "무심한 그림자"라는 시어를 주목하지 않을 수 없다. 무심은 시인이 선택한 중요한 지향이다. 그리고 이를 표제가 반영한다. 손화영 시인은 자주 시편의 표제를 통하여 주제 의식을 나타내려는 경향을 보인다. 그래서 "그래, 이제는"이라는 의지적 자아가 돌연하다. 본문과 제목을 충돌하면서 넌지시 시적 자아의 의도를 드러낸다.

그리운 만큼 상처가 슬퍼서/시간에 기대어 그려보는 허상/잊으려 잊기 위해 찾아선 하늘 밑//꿈이었을까//다리도 날개도 없는 아픈 짐승/반기는 이 없어 모질게 뿌리친 눈물/무성한 잡초더미 위로 흩어지는 잔광들/차가운 햇살이 갈증의 비늘을 털어낸다//어디로 갈까//내 안에 흐르는 비릿한 검은 피는/빗소리 바람 소리로 다시 살아나/거친 밤 풀벌레 울음소리/맹렬한

발돋움//다시 한 번을 태어나고 싶은/이 허기진 승천의 꿈 (「뱀과 꿈」 전문)

뱀이 지닌 "승천의 꿈"을 노래하고 있는데, 이무기의 존재론적 모순은 시적 자아의 입장과 흡사하다. 화자는 이러한 상동성을 통하여 두 차례 질문을 던진다. "꿈이었을까", "어디로 갈까." 의도된 연의 구분이 증폭하는 의미가 크게 울린다. 기억과 추억, 상처와 고통이 꿈이 만든 허상이 아닌지 먼저 묻는다. "다리도 날개도 없는" 존재의 조건을 이겨내고 "어디로" 가야 하는지 다시 묻는다. "내 안에 흐르는 비릿한 검은 피"에 도달한 자기 인식이 심각하다. 나아가서 "빗소리", "바람 소리", "풀벌레 울음소리" 등이 초래하는 생명의 활기를 얻어 "맹렬한 발돋움"을 시도하는 의지가 가열하다. 마침내 "다시 한 번을 태어나고 싶은/이 허기진 승천의 꿈"에 당도하는 만큼 존재 갱생과 신생의 단초가 생성한다. "버릴 것은 버려야 한다/차라리 눈이 부시게"(「변명」에서)라는 의지가 직절(直截)한 이미지를 얻은 국면이다. 그러니까 "한 땀 한 땀 이어지는/운명의 돌다리 위에/거리낌 없는 발자국 하나/마음을 다해 눌러"(「징검다리」에서) 보는 의지가 간절하다. "가녀린 추억일수록 더욱 끈질긴/생존의 의미를 사는 나날"(「시간의 장막」에서)의 연단이 이끈 의식의 지향성이 아닐까? 이 지점이 손화영 시인이 선 시적 자리이다. 다시 말하여 외부로 투사하던 감정 양식에서 마음의 시학으로 전환하는 과정이다. "벗어나지 못할 올가미/끝없이 이어지는 욕망과 집착"에서 놓여나 "오로지 내가 나일 수 있는/한 줄기 흐르는 강심을"(「믿음 앞에서」에서) 찾아가는 존재의 회심이 있다. 시집의 표제작은 이러한 사정 위에서 부각한다.

> 언제까지 이룰 수 있을까//인내와 기다림의 날들 속에/까맣게 쏟아내는 외로운 다짐//죽어 화석이 되어 다시 사는 고독//부질없는 약속 환상의 발돋움/끝없는 망부석의 하늘바라기//매일 아침 떠오르는 햇살처럼/날마다 조금씩 일어서고 싶은//꿈꾸는 내 하루 (「겨울 해바라기」 전문)

어떤 의미에서 예의 투사와 감정이입의 익숙한 표정이다. 그러함에도 "겨울"이라는 정황과 "해바라기"의 열망이 포개진 적극적 의지가 눈부시다. "날마다 조금씩 일어서고 싶은" 일상의 노력은 존재 전환의 빌미로 작용한다. "꿈꾸는 하루"는 기억의 무게나 현실의 장벽을 벗어나는 힘이 된다. 존재는 꿈꾸고 상상하는 일로써 새로운 자아와 세계를 구성한다. 이러한 마음과 태도는 중요한 시적 변화이다. 이는 "멈출 수 없는 기다림을 배워/이리도 웃자란 슬픈 자화상"(「약속에게」에서)을 정직하게 대면하는 일이고 "내가 나를 다시 펼 수 있다면//조용히 비춰 보는/침묵의 그림자 하나"(「호수처럼」에서)와 같은 구절이 말하듯이 자아를 성찰하는 과정이다. 시인은 "내가 비춰야만 존재하는/나"를 자각하고 "마음의 얼굴"(「거울아 거울아」에서)을 찾아가는 경로에 섰다. 한마디로 타자의 욕망에 구속된 가아(假我)가 아니라 진아(眞我)의 만남을 갈망한다. "날마다 하늘을 살피는 단단한 마음에/깊숙한 침묵으로 홀로 선 나무처럼/세상 끝에 서서 버리는 체념"(「단풍잎 사이로」에서)을 지나온 시적 자아의 지평이다. 단지 "망각의 강"을 건너는 소극적 체념이 아니라 "버림과 비움을"(「가을 편지」에서) 배우는 마음의 운동이다. 이는 "내가 나를 사리는 힘겨운 끌어안기"의 연습이며 "당당하게 마주 서서 다시/나를 돌아보는 자유를"(「이기적 마주 서기」에서) 선취하려는 수행이다. 집착과 다짐, 후회와 회한, 상처와 고통을 경험하면서 존재는 외부를 향하던 눈길을 안으로 돌리고, 그 사이의 장벽을 허물면서, 새로운 시적 자아를 형성한다. "마음을 다잡아서" "흐려진 마음 밭"(「연꽃 씨를 심다」에서)을 정화하는 과정은 원망과 증오의 덫에서 벗어나 오롯한 자기와 만나는 일이다. 시의 길은 이같이 새롭게 만드는 길목에서 과정 시학으로 계속한다.

등 굽은 능선 아래 매달려/나른한 수평선이 흐르는 시간/거친 바람에 떠밀리듯 쉴 곳을 찾아/비늘처럼 부서지는 뜨거운 낙조//떠나보내고 포기해야 하는/타인처럼 떠내려간 생의 그늘에/기도가 전부이던 간절한 계절/그래도 꽃은 피더라니//돌아가려도 돌아갈 수 없는/고단한 길 위에 망각의 강으로 서서/다시 또 나를 살게 하는/목마른 깨달음의 한 호흡//바람 같은 향기로/강물 같은 마음으로/낮은 한 걸음/또 애달픈 한 걸음//긴 하루의 발자국은/천 번의 날갯짓으로/어둠을 가르는데 (「노을길」 전문)

이 시편이 말하는 "노을길"은 "생의 그늘에/기도가 전부이던 간절한 계절"을 지나온 고행이며 그 도상에서 "다시 또 나를 살게 하는" 수행이다. 여기에서 만들어진 시적 지평은 "바람 같은 향기로/강물 같은 마음으로" "한 걸음"씩 나아가기를 요청한다. 과정의 성실성이 담보하는 마음의 시학이 시작의 계속성과 결부하는 대목이다. "불빛도 그림자도 흐려져/어렴풋한 환상으로만/마음 하나하나를 꾹꾹 눌러/켜켜이 쌓아둔 말의 탑/오늘도/길가에 홀로 서 있을 외로움에게/전하고 또 전하는 헛된 이름"(「공중전화에게」에서)으로부터 벗어나는 일은 "진실은 술래잡기"(「그래도 사람은」에서)라는 관계의 순환에서 탈주하는 길이다. 또한 "날마다 떠나는 이의/돌아오기 위한 이별연습"(「외출」에서)에 상응한다. 타자의 기억이나 그에 속박된 나의 추억은 "끝없는 도돌이표의 길"(「바다는」에서)처럼 재귀적 반복을 거듭한다. 물론 이러한 반복이 무익하지만 않음은 그와 더불어 존재는 더디게 전진

하기 때문이다. 이제 시인은 낡은 갈망의 짐에서 놓여날 계기와 만났다. 시적 주체를 새롭게 세우고 마음을 들여다보는 과정을 통하여 더 큰 관심의 지평을 개진한다. 적어도 이 시집을 건너면서 시인이 한 차원 다른 시적 언어를 얻게 되리라 믿는다.

손화영

울산 출생. 박목월의 시지 〈심상〉을 통해 본격적인 문단 활동을 시작하였다. 대학에서 글쓰기 이론과 문학 이론 등을 강의하고 있으며 시집으로는 『자운영은 피는데』가 있다. 부산시인협회, 부산작가회의, 심상시인회, 한국예술가곡사랑회 회원으로 활동 중이다.

산지니 시인선

001 **금정산을 보냈다** 최영철 시집 *2015 원북원부산 선정도서

002 **소금 성자** 정일근 시집 *2016 세종도서 우수문학도서

003 **석간신문을 읽는 명태 씨** 성선경 시집

004 **봄 꿈** 조향미 시집

005 **그냥 가라 했다** 강남옥 시집

006 **쪽배** 조성래 시집 *2021 한국문화예술위원회의 문학나눔 선정도서

007 **사슴목발 애인** 최정란 시집 *2017 세종도서 우수문학도서

008 **당신은 지니라고 부른다** 서화성 시집

009 **나는 기우뚱** 이지윤 시집

010 **다음에** 조성범 시집

011 **은근히 즐거운** 표성배 시집

012 **나이지리아의 모자** 신정민 시집

013 **다다** 서규정 시집 *2016 세종도서 우수문학도서

014 **맨발의 기억력** 윤현주 시집

015 **새로운 인생** 송태웅 시집 *2018 세종도서 우수문학도서

016 **내가 살아온 안녕들** 김해경 시집

017 **오늘은 눈이 내리는 저녁이야** 김점미 시집

018 **정녀들이 밤에 경찰 수의를 지었다** 이중기 시집

019 **겨울 해바라기** 손화영 시집

겨울 해바라기

초판 1쇄 발행 2022년 7월 22일

지은이 손화영
펴낸이 강수걸
기획실장 이수현
편집장 권경옥
편집 신지은 강나래 오해은 김소현 이선화 이소영
디자인 권문경 조은비
펴낸곳 산지니
등록 2005년 2월 7일 제333-3370000251002005000001호
주소 부산시 해운대구 수영강변대로 140 BCC 613호
전화 051-504-7070 | 팩스 051-507-7543
홈페이지 www.sanzinibook.com
전자우편 sanzini@sanzinibook.com
블로그 http://sanzinibook.tistory.com

ISBN 979-11-6861-057-6 03810

* 책값은 뒤표지에 있습니다.
* 잘못된 책은 구입하신 곳에서 교환해드립니다.